TTS文庫

シ　ゲ

富士村　曠

東京図書出版

ひとり椅子に腰掛けていると、年のせいか、思いがけない過去のことが蘇ってくる。ぼんやり椅子に腰掛けているというのでもないのにそうなるのである。

なかでも、少年時代のシゲの振る舞いは特別だった。昔の友人の顔はたいていぼんやりと浮かぶ程度だが、彼は特別ではっきりと蘇るのだ。

思い浮かべる度に、彼の振りまく粘着物質が体に纏いついてくるのを感じる。嫌いだったからというのではなく、むしろ親友のひとりとしてである。

その日、居間のソファーに背をもたせかけて、テレビを見ながら、その粘液を感じはじめたときに、電話が鳴り出した。いつものように三度鳴るにまかせた。そして、僕はおもむろにそばの子機を取り上げた。

はい、とかったるく応じて、腕時計を見た。午後四時過ぎだった。

「ツネちゃんかね。私じゃ」

電話の主はすぐにわかった。萩の片田舎にいる姉の時子からだ。今にも泣き出しそうな声に僕は応対を戸惑った。

「さっぱりせんのよ。瘦せてきて、元気が出なくて……、病院に行ったら、うつ病じゃ、というのじゃ」

うつ病！　一瞬ひやりとした。うつ病はいまやわが国の風土病のように各所で発生して、同じ職場にもひとり男性がそうだった。

僕はかつて時子に勧めたことがあるのを思い出した。そして、今さら始まらないのに、またそれを繰り返して言った。

「自動車の免許を取ればよかったんだよな。どこにでも行けるし、気がまぎれるのに……。ひとりでいると気が滅入るんだよ」

ただ、電話の目的はちがっていた。

「まあ、そんな、免許を取るなんて、簡単にいきゃせんよね。自転車にも乗れんのじゃね。痩せてきてね。それでね、前に送ってもらったペプチドかプロテインを送ってもらいたいんよ。こっちじゃあなかなか手に入らんのじゃ」

弱い泣きを帯びた声が伝わってきた。

「アミノ酸不足なのだろうから、痩せてもしかたないだろうね。うつ病はそう心配は要らないと思うけど。軽症と思うよ、ね。まあ、医者が出してくれる薬をちゃんとのむこと」

「うん、そうしてる」

僕と姉とは十三も歳が離れている。

時子は、夫の死から二年後だったと思うが、胃がんで胃の大部分を切除した。それから五年ほどになるが、胃が本来の機能にほど遠いのだろう。ひとりで生活しているのも、肉体的だけでなく精神的にも負担になっているのだろう。

「とにかく、すぐに送るけど、できるだけ外の空気を呼吸しに出かけるといいよね」

「ううん……」

時子の陰気なうめき声が聞こえてきた。

「体の健康ばかりだよ。心の健康も考えなくちゃいけないんだよ、分かる？　だからいったのよ、車の免許は無理だとしても景色を眺めにでかけるといいよ、ね」

「ええ、そうするよ。それから……」

時子は言いよどんだ。

「ツネちゃんね、伝えたほうがいいと思うがね、シゲちゃんが亡くなったーね。ツネちゃんとむかしよく遊んでた」

シゲが死んだ……。補足されなくても、彼のことはよく知っているし、毎日思い出すほどの親友といってもよいのだ。

時子の電話を切ってからも、僕は気が沈んで、シゲの訃報はどうしようもなく悲しく、胸苦しくなってきていた。目頭を押さえた。彼の愉快な仕草、快楽とも剽軽《ひょうきん》とも映る仕草の思い出。その上に粘着質の苦味が絡み合ったような記憶が蘇ってきた。

あれは小学五年生のときのことである。

五月の最終日曜日の夕方であった。

僕は戸口の敷居の内に立って、時子が表の通りを箒で掃いているのを見ていた。そこに左の方から下駄を威勢よく鳴り響かせて、シゲの母親富江が近づいてくる。

富江の顔は真っ赤になっていた。僕はその様子を目にして、ああ！　と内心呻いた。

胸を張って肩を揺すって、恒夫が茂をいじめたのだと甲高い声を張りあげた。僕にではなく、時子に向かって罵った。時子は一瞬驚き戸惑っていたが……、

「そうかね？　でも、シゲちゃんと恒夫はいつも仲よしだったんじゃやね。恒夫がいじめたりせんと思うけどね。でもねー、恒夫が悪いんだったら、ごめんねー」

時子は何か理由がわからないままに要領よく富江に詫びた。

僕は心配になって、なにがなんでも詫びてほしいと思ってみていた。詫びを入れる途中、時子は富江の怒りの意味が分かった

ようだった。昼過ぎのことだと思い至ったのだろう。

時子は、まだ若いのに早く亡くなった母の代わりを務めていて、僕が原因で発生する火の粉を時子が振り払う役を引き受けていたことしばしばだった。

富江はけんか上手な女で、時子の口先の詫びには納得しなかった。

「口先はやめて！　警察に訴えてやる」

さらに黄色い声を甲高くのどがちぎれんばかりに発した。

その声が夕方の漁師町の東西に延びる通りに響き渡った。近所の女たちが通りに出てきた。炊事の前掛けで手を拭きながら戸口に立っているものもいる。エプロンをつけた西村のおばさんも出てきて、心配げに異変の様子を窺っている。

「シゲがバカに見えるからって、バカにせんで。訴えてやる!」

富江は飛躍した表現を吐き出した。真っ赤だった顔が青くなっていた。周囲の人びとの動きに気を遣うふうは見えない。つもっていた鬱憤を晴らしたいようだった。

僕は街の女たちが見守るのに力を得た気持ちになって、落ち着いて見守っていた。富江はしばしば、そういう態度をとるのを知っていたからでもあった。

「まあ、そんなこと、しないのがいいわよ。富江さん」

西村のおばさんが富江の背後からゆったりとした調子で声をかけた。

富江は一瞬、虚を衝かれたようだったが、負けていなかった。

「横から口なんか、出さんで」

富江は強気に叫んで、横睨みを利かせた。

「ありゃねー、富江さん、うちの石臼が原因だったんじゃけね。わかるでしょう、富江さん」

西村のおばさんは時子に助け船を出した。

口から泡を飛ばして罵る富江の姿に、シゲが頭から突っ込む姿が重なって、僕は僕で、自分に非があったのだと胸を締め付けられる思いになってきた。僕が出て、謝ればよいのかとも思い始めていた。そのときだった。

「富江さん、ちょっと待ってよ、魚があらーね」

時子は何を思ったか、そう言って富江の叫びに耳を貸さずに、家の中に入って行くやいなや、とんぼ返りに新聞紙に包んで何か持って戻ってきた。

時子の両手にはアゴを五尾ばかり新聞紙に包んであるのが見えた。それを富江の握りしめている手を無視して有無をいわせないように腹部に押し付けた。富江は落としてはいけないという格好で受け取った。

「悪かったねえ、ごめんねー」

時子は巧みだったな、と僕は眺めていた。間を入れたのも怒りをそいだのであろう。時子は詫びるに限るといった振る舞いのようだ。西村のおばさんもうなずいて、納得顔である。

富江は張りあげようとした声を呑み込んだ。やっとの思いで我慢したようだった。表情が柔らかになってきた。怒りの勢いをそがれた富江は、時子の詫び戦術とプレゼント攻勢に攻撃の的がぼやけ遠のくのを感じたのだろう。

僕はよかったと思った。心配してじっと成り行きを見守っていたが、荒海は収まりそうに感じだしていた。富江は僕には目もくれなかった。さらに荒れると、僕も謝らないといけないと覚悟をしていたが、その荒波はふっと悪夢から覚めたように静まった。通りに出ていた女たちの姿はなくなっていた。

富江は僕に恨みを言い、悪態をついても鬱憤は晴れなかったのだろうし、シゲにとって親友の僕には理不尽になると悟ったのだろうか……。きっとそうだろう。富江に良識はあるのだ。僕に一瞥もくれないで、くるりと向きを変えると、下駄をならして去っていった。

その日の昼過ぎ、僕ら近所の子供たちは西村のおばさんの誘いでおばさんの家に集まっていた。空は晴れて気持ちのよい天気だった。

戸口を入ったところの土間に敷いたむしろには、芳人、僕、シゲ、信夫らの少年たちと弥生、節子が車座になって、わくわくしていた。麦わらのホタル籠作りが始まろうとしていた。

「今夜は、雨は大丈夫そうじゃ、ね、みんなでいっしょにホタル狩りに行こうかね」

西村のおばさんが目を細めて僕らを見回して言った。

街角から三、四十分ほども歩くと、江津川支流の小川あたりにはホタルが飛び交う。僕らみんな、ホタル狩りを楽しみに明るい表情で肯いた。シゲも身体をくねらす喜悦の表情になっている。

はじめに、おばさんがお手本にと言って、手を動かし始めてホタル籠作りが始まった。器用な手の動きを見ながら、めいめい僕らも手を動かし始めた。

おばさんには三人の息子がいるが、大阪と東京で働いている。三人はおばさん一人で野良仕事をして育てたといっても嘘ではなかった。

それというのも、時子が以前教えてくれたことがあった。西村のおじさんは、僕が生まれる前のことだが、ふぐ中毒で亡くなったそうなのである。そんなことで、近所の子供を相手にするのがおばさんの生きがいのひとつになっていたのだろう。

「ヨッちゃん、そこのはしごを上ってね、麦わらをもう一把持ってきておくれんかね」

おばさんが芳人に言った。

西村のおばさんの家の天井裏には脱穀した麦わらがたくさん積んであった。

「うん、一把でええんかえー」

芳人はそう言って立ち上がった。それをまねるようにシゲも立ち上がった。

「シゲ、お前は行かんでもええけーのう。ここに座っとれ」

僕はそう言って、シゲの手を摑んで引っぱって座らせた。シゲは目をむいて膨れっ面をした。そして、ううーと唸った。

少年四人は年長の芳人が小学六年生で、以下一学年ずつ違っていた。二人の少女は四年生と五年生であった。

シゲは僕より一つ年下だが、背丈は僕を五センチほどしのいでいた。シゲは無邪気に見えたが、少し知力が不足していて、動きも少し遅いのだった。だのに、好奇心は旺盛で、何にでも強い興味をいだく少年だった。

僕らはいつも四人組のように行動していた。そんな時、芳人がたいてい、シゲのお守り役を務めた。ところが、シゲは僕の方に興味があるのか、何につけても僕に纏いついてくるのだった。事件が起きるのもそんなときだった。

ホタル籠作りは大分進行していた。僕はほとんど終わっていた。芳人は器用で、二つめに入っていた。一つはシゲのために作っていたのだ。

雲が流れてきて表の通りが一瞬暗くなった。だが、すぐに日差しが表道路を照らした。シゲは、はじめのうちはおばさんに手をとって教えてもらっていた。ところが、二十分もすると、戸口の方を見たり左右に首を回したり、天井を見たりと、落ち着かない素振りを見せ始めていた。ホタル籠は半分も進んでいなかった。よだれが垂れ下がって袖口で拭く回数が増える。

僕のホタル籠はほぼでき上がって飽きていた。裏の方に行ってみようと思って立ち上がった。シゲもそれを待っていたように、ぬっと立ち上がった。

僕はシゲを尻目についてきてもいいよと思った。いつものことである。シゲの不思議な雰囲気に惹かれるのだった。シゲと二人になるのをひそかに期待していたといってもよい。

おばさんの家の裏に通じる暗い通路を歩いて行った。シゲも後をよたよたとついてきた。いつものことだから、誰も何も言わなかった。

奥には小さいガラス窓の嵌まった薄暗い炊事場があり、かまどには黒くすすけた釜が据わっていた。その左に小さい流し、さらに横に水汲みポンプがあった。

炊事場から裏庭に通じる板戸を僕は開けて外に出た。シゲもついて出てきた。

午後の日差しが顔に当たった。裏庭の右手に小さい扉があって、その向こうに内海が見え、岸壁に伝馬船が一艘係留されていた。庭の左の一角には、軒が張り出し、その下に以前見かけたとおりに脱穀などに使う石の臼が淋しそうに控えていた。

その石臼の中に足踏みの杵が首を傾げていた。杵を持ち上げる長い心棒が反対の端に跳ね上がっていた。その端を足で踏んで杵を持ち上げて、足をはずすと、杵が落ちて脱穀したり、精米したり、穀類を砕いたりするのである。

僕は石臼に近づいて行って、光沢のある竹の手すりをさすった。そして、それに摑まって踏み台に登った。僕は右足をいっぱいに上げて足踏み杵の長い心棒にかけ、乗り移った。杵がぱっと跳ね上がった。

「ワーッ」

そばで首を傾げて見守っていたシゲが絶叫した。僕も驚いて、飛び降りた。

コカーン、と杵が石臼を打つ澄んだ音が響いた。石臼自身が驚いて発したような響きだった。

「わーい、おかしいー」

シゲが歓声を上げた。

僕はその石臼の音にさらに興味を抱いた。もう一度、手すりの太い竹を両手で押さえて、心棒に右足を乗せて立った。そして、浮き上がった左足を台に下ろすと同時に、右足をはずした。

軽やかな音がまた響いた。

「おかしいー」

シゲはまた、歓声を上げた。そのシゲの歓声が僕はうれしかった。

三回目に取り掛かると、シゲはじーっと僕の振る舞いをさらに集中して見詰めているのが分かった。僕が楽しんでいるのがシゲにはうらやましく思えたにちがいなかった。

「わしもー、やーるー」

突然、シゲはあやしいろれつで大声を張り上げた。

シゲは自分もやりたくて、さっきからうずうずしていたのだろうと思った。全身をくねらせて、もどかしくて心の奥に着実に欲求が高まっていたのにちがいない。それがついに沸点に達したのだ。

「あぶないからやめておけ」

僕はたしなめた。一方で、いつものことで、全身をつかって訴えられると根負けするとも思った。シゲはさらにせがむように手すりを揺すった。

「わしにもー、やらせてくれーやー、のー」

シゲは酔っぱらいのように舌を絡ませて叫んだ。

シゲは体の動きが鈍く危険察知能力が低いのに、みんなと同じことをしたがるのだった。たいてい、彼の要望を満たしてやっていたが、大きな問題が生まれることはまれであった。

僕は仕方なく、四回目が終わると、踏み台から下りた。と、すかさずシゲは手すりに摑まった。そして、踏み台によじ登って立った。背伸びして右足をいっぱいに上げて、杵の一端に右足をかけようとして、ふらついた。

僕はそれを冷めた目で見ていた。お前には無理だ、と心のうちで呟いた。冷たい仕打ちのようだが、そうではなく、手伝われるのを彼は嫌うのである。

「くそー」

シゲは悪態をついた。

しかし、シゲにあせる感じは見られなかった。執念は人並み以上にあるのだった。なんとか、やっと右足を杵の端に掛け、踏みつけるふうに体ごと乗った。途端に、足元ががくんと落ちて、向こうの杵が勢いよく跳ね上がった。つぎに足元に踏みつけている心棒の端から、足を外せばいいのだが、シゲにはその要領が呑み込めていないようだった。左足が浮いている。僕もそうだった。大人用に工作されていたからである。

「踏み台、そう、そこの上に降りるんじゃ。ゆっくり左足を降ろせ、それから右足をサーっとどけるんじゃー、シゲ」

僕は簡単なことだと思って教えてやった。

シゲは顔を少し紅潮させて、勇気を振り絞って、踏み台に左足を戻すように移した。途端に、杵の重力がシゲの体重に勝った。間一髪の動作を逸して、彼の右足がひっかかって持ち上がった。バランスが崩れた。手すりを摑んでいた手がすべった。体がゆっくり左に傾いた。

と同時に石臼を打つ音が「コカーン」と響いた。一瞬のことで僕の力ではどうしようもなかった。シゲは一瞬遅れて左方向に頭から土間に突っ込んでいった。

僕はうつぶすシゲを茫然としてみていた。あたり一面が静止し、十数秒ほどの空白が冷ややかに流れた。そして、空気を打ち破るシンバルが響いた。シゲの声量いっぱいの喚き声である。

おばさんが飛んできた。仲間たちも後に連なってきた。僕は悪いことをしたような気分になって、引き起こそうとシゲの肩に手をかけようとしていた。シゲは土間に横になって、左の顔面に黒い土が付いていていた。

「痛いよー」

シゲは一息ついて大声で叫んだ。

「どこが痛いかねー？　ここかねー？」

頭よりも左手首の方が痛いようであった。おばさんはすぐにポンプで水を桶にくみ上げてきた。手ぬぐいを水に浸して、左の額の黒い土を拭い取ってやった。そこに血が滲んでいた。さらに、おばさんは手ぬぐいを洗うと、それをシゲの左手首に巻きつけた——。

一時間ほど前、シゲの母富江の怒鳴り声が響き渡った通りは水を打ったように静けさを取り戻していた。あの情景は忘れられはしなかったし、怒鳴り声は僕には衝撃だった。が、すでにそれも動画の残像のように掠れかけていた。

西村のおばさんがお経を上げる声が静かに流れていた。

その晩、シゲの転倒事件のおかげで、予定していたホタル狩りは中止になってしまった。しかし、富江の振る舞いを見て、僕は計画を思い立ち、ひそかに興奮していた。

夕食を食べ終わると、僕は暗くなり始めるのを待った。

七時過ぎ、僕はこっそりと昼作ったホタル籠をもって、わら草履を引っ掛けて外に出た。そして、シゲの家に向かった。彼の家は西の方七軒目である。計画通りに行けばよいがと期待に胸を膨らませていた。けがの状態はわかっていなかったが……。

シゲの家の前に来ると、道路に面した座敷の障子が半分開いていた。道路から裸電球がともっている座敷の中を覗くと、シゲの顔が見えた。夕食はすませたようで、畳に腹ばいになってほおづえを突いて外を見ていた。ほおづえができるくらいだ。

いけるなと思った。

シゲはすぐに僕を認めて、口をゆがめた。僕は小さく手招きした。シゲが立ち上がるのを見て、向かいの家の軒下に寄って富江の目をかいくぐって出てくれることを願いながら待った。

「シゲ、どこに行くの？」

富江の声が台所にいるのか奥のほうから聞こえた。案の定だった。あれ、大丈夫かなと危惧が生まれたが、シゲの返事はない。

シゲがわら草履を引っ掛けてよたよたと出てきた。僕の顔を見ると、シゲは眼を笑わせ口を大きくほころばせ両手を広げた。

何かを期待している顔つきであった。額の左側に数条の黒い擦り傷の痕が見える。

「ホタル取りに行こうや？」

僕は低い声で誘った。シゲは首を折るようにがくんと肯いた。

「手は痛いのかー？」

僕はシゲの手を覗いて訊いた。彼は頭を横に振った。

手首に白い包帯が巻かれていた。シップだろう。シゲの受身がうまかったにちがいない。手首の怪我の具合はそんなに悪くはないようだった。富江の癇癪は大げさだったのだと知って、後悔は少し薄らいだ。

僕ら二人は半そでシャツ、半ズボンという服装で、僕がホタル籠を下げて、県道を西に向かって歩き始めた。海のほうから田舎の香水が湿気を含んだ潮風に乗って流れてきた。気にならないいつもの匂いだ。

僕はシゲを誘惑したかのように興奮していた。

これから何が起きるかはそのとき考えもしなかった。何かいいことがありそうに思っていたのだ。夜の遊びは肝だめしに彼を誘ったことがあったが、二人だけは初めてだった。

街の端の八百屋を過ぎてから十分ほど歩いただろう。

シゲが「うー」と言って、体をひねって、また同じようにうめいた。興奮しているときの癖なのだ。彼は言葉より、ボディーランゲージで話すのだ。しゃべるのが面倒くさそうなのである。右側に江津川が現れ、左側の教会の門の前を過ぎていった。川はゆったりS字状にくねっている。

川に沿ってさらに県道を十五分ほど行くと、橋が見えてきた。すっかり真夜中のように暗くなっていた。

橋の直前にきて、立ち止まった。その向こうに続く県道の両側に田植え前の田んぼが広がっていた。道路前方の左側二百メートルほど先に裸電球の街灯が灯っている。さらにその先の県道を案内するように弱い数個の街灯の光が右手遠くに見られる。シゲはなにを思ったか、身体をくねらせた。

「こっちに行こう」

僕はシゲの態度に答えるように言って、橋の手前で左に延びる道路の方に折れていった。その道路を川に沿って上流に向かった。

周囲は山に囲まれていて、あたりはすっかり暗くなり人影も見られず、僕は暗い世界を冒険するように気分が高まるのを感じた。左の山陰に農家の明かりが数個点々と見えた。

左方角、行く手を見やると、ときどき、ごく小さい光るものが糸を引くように認められた。

「シゲ、あれ、ホタルじゃ」

僕は喜びを湛えた震える声で言った。

「どこによー？」

シゲはしばらく首をひねっていた。

「ああー、あれかー」

シゲはとぼけた声をもらした。ほんとに確認したのかあやしい。

遠くに数個の黄色い光の粒子が上に下に、右に左に、あるいは螺旋を描いてさまよっていた。

さらに江津川に沿って上流のほうに上って行った。県道に通じる小さい橋が右に見えるところにきて、左手前で支流の小川に向かう小道に入って行くと、急にせせらぎが聞こえてきた。

空は晴れているらしく、たくさんの星が見えた。山の端の上に三日月が張り付いていた。風が落ちて蒸し暑くなった。カエルの鳴き声が四方から聞こえる。

僕らの突然の出現に驚いたのか小道の草むらからホタルが跳ねるように次々飛び立った。僕はその不自然とも思える光の飛散に驚いた。

「わーい」

シゲが叫んだ。

ホタルが驚いたのではなく、僕らを歓迎したのではないかと思いすらした。

「こりゃー、シゲ、わしらを歓迎してるんじゃないかー」

僕は声をかけた。

「かんげーっちゃ、なんだー？」

シゲは上ずった声で訊いた。それに答えずに僕は感動していた。二人だけでいるのもよかった。静かさがうれしかった。

茅の葉に光が這うのが見えた。僕はそれを指先でつまんだ。虫は尻の黄金色の光を点滅させた。それを掌に乗せてシゲに見せた。

「手がー、あこうなったー。わしもとりたい」

「そら、そこにおるじゃないかー、捕まえれやー」

「やー、そんな……、あー、捕まえたー」

シゲは包帯を巻いていた左手の掌に捕まえたホタルを乗せた。ホタルはシゲの掌を這っていた。黄色い動く宝石になっている。

僕は、道端から蓬を摘んでホタル籠に入れ、捕まえたホタルを蓬の葉に乗せた。籠の中で、ホタルの光が点滅した。

シゲも捕まえたホタルをその籠に入れた。よだれを垂らして喜んでいる。その顔が蛍の光に照らされて輝くのが絵本のようだった。

シゲはさらに次の宝石を求めて草履をぱたぱたと地面に打って、先に漂う光を追っかけた。僕も草の上を這うホタルを草ごと捕まえ、光の点滅を見詰めた。

僕は時間の経過をすっかり忘れていた。

ホタルの光に見とれ、またホタルの光がさまようのを目で追っかけた。シゲが夢遊病者のようになってホタルを追っているのが星明かりの中で見えた。両手を上げて、ホタルを捕まえるというよりただ追っかけて、光の浮遊粒子を称えているようだった。

突然、僕は雨の滴が顔に当たったように感じた。流れ雨かと思って空を見上げた。空模様が怪しげに変化しつつあった。風が出てきた。

さっきまで見えた三日月が西の山の向こうに落ちてしまって星空に雲の速く流れるのが見えはじめた。ほどなく星空は雲ですっかり覆い尽くされてしまった。あたりはさらに暗くなった。それとともに、ホタルの光が光度を増したようであった。路肩の草の列が浮き上がって見える。

大粒の雨は風をともなって降り始めた。雨粒の密度が増してきたのでさらに雨脚は強まるかと思われた。が、その途端、雨は遠のいたように止んだ。

しかし、前触れに違いないと僕は感じた。空は真っ暗だ。遠くに県道の街灯、人家の灯がぼんやりと光っていた。

「シゲ、雨だよー、帰ろう」

僕は、シゲに呼びかけた。

シゲが向こうからふらふらとやってきた。僕はシゲの右手を摑んで歩きだした。

そのとき、雨が再び顔に当たった。派手な雨になりそうだった。近くの橋を渡り、リヤカーが通れるほどの狭い道に下りていって、シゲを引っ張って小走りした。まっすぐ行くと県道の街灯に到達する。二百メートルほどだが、そこまでにずぶ濡れになりそうだ。

雨脚はあっと思うまもなく駆け足で迫ってきて強い雨になりそうだった。道を打つ雨脚が聞こえた。土の匂いが立ち上って、からだを包んだ。風が強まった。

「シゲ、あそこに小屋があるぞ、左の方じゃ。あそこで雨宿りしよう」

僕はシゲに声をかけて草が生い茂る斜面をシゲの手を掴んで下り、斜めに田んぼの中を突っ切って、細いあぜ道に向かっていった。暗くて道筋はしっかりつかめなかったが、すぐにあぜ道に至った。

手を離して小屋に向かった。後ろを振り返ると、シゲは尻もちをついたが、草の斜面の上を滑って追いかけてくる格好だったので、小屋に向かってあぜ道を駆けた。

「ついて来いよ」

僕はホタル籠を持ちあげて再びシゲに声をかけると、先を行った。

田んぼの一角にある小屋に着くと、僕は小屋の扉を引いた。金属の音がした。かぎフックがかかっていた。それをはずしてつまみを引いた。簡単に開いた。

小屋の中には片隅に稲わらの束が積んであるのが籠のホタルの明かりでわかった。稲わらの上に鎌が一挺あった。大人でも、二人は座れる土間。シゲは動物のような安堵の唸り声を吐いて土間に寝転んだ。

小屋に落ち着いて安心したとき、雨脚が一気に激しさを増した。トタン屋根を派手に打つ音が僕ら二人を叱りつけるように小屋の中に反響した。あたかも砂利が降っているようだった。

僕は体を縮めて耐えた。寝そべっていたシゲも耳を両手で被って、大げさに足をばたつかせた。天才的で、愉快なやつだよ、くすぐってやろうかと思えるほどだった。

しばらくすると、雨脚が僅かに弱まった。僕は扉を少し開けて外の様子を見た。トタン屋根を雨水が滝のように流れ落ち、地面を打ちつけ滴が激しく跳ね返っていた。風の勢いで滴が吹き込んで足が濡れた。あわてて扉を閉めた。

真っ暗な小屋の中では、ホタル籠の五匹のホタルが交互に発光していた。その度に、小屋の中が明るんだ。僕は稲わらにもたれて、膝頭を抱えてホタルの光にうっとり見とれ、時間が過ぎるのを忘れた。

シゲはしばらく寝そべっていた。何か考えていたのか、むっくと起き上がると稲わらの上に這い上がろうとした。高さは彼の胸あたりまでだったが、上れそうでない。観念したようだった。

彼は小屋の中を這い回りはじめて、動物的に何かないかと探っていた。何か当てたのか手にとって振って見ていた。かすかな音がしたが雨音でかき消された。

雨宿りして三十分も過ぎただろう。

トタン屋根を打つ雨脚が急速に衰えてきたように雨音が弱くなった。僕は派手な通り雨であったなと感動すると同時に、じきに帰れそうな気がして、ほっとした。このまま寝るようになると、シゲの母親、富江に大目玉だなと心配に思っていたのだ。

「シゲ、じきに雨は上がるでー、よかったなー」

僕は勇気付けるように、強い声で呼びかけた。

「なあ、シゲはいいよな。僕は宿題があるんじゃや、帰ったらやらにゃいけん。シゲは免除でいいよな。僕は早く帰りたいんじゃや」

そう言ってみたが、シゲは僕の意見に賛成なのか、別のことを考えていたのか、わからなかった。

僕は腰を浮かして戸を押し開けて、小屋から首を出し空を見上げた。西のほうに星が見え始めた。空全体が晴れるのはすぐのようにみえる。

夜中にも通り雨があるのだなと不思議に思われた。

すでに十時を過ぎただろうなと思いながら、僕はシゲの母親富江が心配しているだろうと急に不安で下腹がむずがゆくなるのを感じた。時子が富江に小言を言われなければいいけどなと気になっていた。

僕は富江の性格が悪いとは思っていなかった。時子が以前、夕食の席でそう言ったことがあった。シゲが少し知恵不足だったために、富江は夫の出稼ぎの間、人一倍彼を気遣っていたのだろう、と僕は思っていた。日頃、富江と時子は仲が悪いわけではなかったのである。

シゲを相手にするのは、もつれた糸を解くようであった。それ以上だろう。もつれた延縄《はえなわ》をほぐし整えるのとはわけがちがうのである。

僕は面倒くささを募らせることがよくあったが、一方で、そのことに興味を抱くのだった。優越感からだったのだろうか。シゲとのつきあいはもつれた糸をほぐすのとはちがう複雑さ、雰囲気があるのだ。いじめるつもりはないが、冷たい態度をとることもあった。それにもかかわらず、シゲは僕に纏いついてくる。シゲの心の内を解剖できれば、と思ったこともある。

とにかく、シゲの仕草のユニークさが面白くてしょうがなかったことも事実であった。それは、いまでも僕はそうとは思っていないが、優越感に基づくものであったのかもしれない。卑怯な心だな、こうなると。

「シゲ、帰ろう。雨は上がった！」

そう言うと、僕はホタル籠を持って先に小屋の外に出て歩き出していた。シゲはまだ中でもさもさ手間取っているようだった。

「お母さんに叱られるけえ。シゲ、急がにゃー、いけん。そこに泊まることたーできんのじゃ」

僕は振り向いて、きつい語調で叱咤するように言い放った。

「うーうん……」

シゲはためらうように、不満の声でうめいた。

僕はホタル籠を持って先を歩いた。後からシゲが僕の心配をよそにのそのそ、ときどき、どさどさとのたうち歩いている。遅れすぎると、小走りで僕に追いついていた。そのうちにまた、間隔が広がり、その都度、僕は立ち止まって呼びかけた。

僕はあぜ道から広い県道に出るところだった。

このあたりは何度も来たことがあって、僕の足は道筋に沿って自然に動いた。街灯には光があって道標になった。ここまで来れば安心。あとは東に向かって歩くだけだ。

だが、のんびりしてはいられない。富江のトマトのように赤い顔が浮かんでくる。

僕は先に立って東の町に向かって大股に歩き出した。シゲが草履を打ち鳴らして駆け足で追いついてきて、しばらく僕と並んで歩いた。

シゲは横からホタル籠を覗いた。手をかけて持ちたいとボディで示すように、顎を突き出して、体をグニャグニャさせた。

僕がそっけなく渡そうとするのをシゲはいきなり右手でむしりとった。そして、中を覗くために左手を添えてそれを持ち上げて、立ち止まって中を覗いた。

「えのー、おかしい！」

シゲはそういって満面をふにゃけさせた。

籠の中でかわるがわるにホタルが光を放っている。僕も立ち止まって、それを見詰めたが、すぐに思い直して彼に声をかけた。

「急ごうや、のー、シゲ！」

シゲの様子に安心した。彼にも家路が本能的に理解できているようだった。そのせいかのんびり歩く。

僕もシゲの喜悦の様子に満足していたが、夜遅くなってきたのが気になってくるのだった。遅れがちになるシゲでも足運びは少しだけはやめになっていた。心配は薄れかけていたが、それでも急ぐにこしたことはない。

僕は内心、富江の怒りが怖かったのだ。シゲ、いそげ！　と念じていた。

そう念じながらも、家のほうでは僕たちを捜しているに違いないと、また心配の信号が黄色になるのだった。赤色に変わりそうな時刻だ。シゲはそんな僕の心配をよそにホタル籠に夢中であった。

だが、僕はいつものことだが、シゲの喜びに似た態度を横目で見ながらうれしかったのは間違いない。シゲは親友のひとりだったのだ。

シゲの家を覗いて手招きしたときは、昼、シゲにけがを負わせたのは自分だという思いから、シゲを喜ばせたかったのだった。お返しのつもりだった。

だが、わくわくした興奮は通り雨によって流されてしまったという気分に変わりつつあった。ホタル狩りにシゲを誘ったことを後悔しはじめ、頭の中に濁り水が湧いてきて、次第に不安の黒雲が広がってきていた。

僕は思い出したように、ときどきシゲの右手を掴んで引っぱって小走りに急いだ。彼の手はなぜか火照っていた。

シゲはときどきホタル籠を持ち上げ中を覗いては僕に従うのだった。その無頓着ぶりが僕の神経を皮肉に逆なでするのだ。何をそんなに暢気にできるのだよと腹が立ち、蹴飛ばしたくなった。そう思うとますます家の方が気になる。

僕は遅れるシゲのほうを振り返り、手を摑んでまた引っ張った。シゲはむしろ引っ張られるのを楽しんでいるようだった。彼を引っ張りながら、後ろを見て、来た距離を確かめた。県道に出たところの街灯からやっと二百メートルほど来たところであった。

シゲを引っ張るついでに、今までホタルを追っていたところをまた見渡した。暗い田んぼが広がっていた。右手奥に農家の灯が点々と灯っている。頭を東の町のほうに戻して、また左の方を見た。遠くに入り江の黒い海の一郭が見渡された。

橋の上にきたときだった。人の声がどこからか聞こえてきた。僕は振り返ってみた。暗い田んぼの中に赤いものが目に飛び込んだ。

何だろう、変だなと思った。それを気にする余裕はない状況なのだ。急ぐことで僕の頭はいっぱいだった。

街に向かって急いだ。

だが、橋を渡りきるとき、また振り返ってみた。赤いものは勢いを増して大きな炎になっていた。どこかの家が火事になったのかと一瞬思って立ち止まって眺めた。シゲもそれをみた。人の甲高い声が大きくなったように聞こえた。

それは田んぼの中ほどだと炎の明かりが示していた。さっきの小屋が燃えているのだと確信した。

「さあ、急げ！　早ようせにゃ、シゲ！」

僕はシゲの手からホタル籠を無理やりにむしりとって、さらに腕を強く引っぱった。そして、駆け足で逃げるように橋から遠ざかっていった。

シゲにホタル籠を渡したあのときに、カシャッという何かが落ちた音を聞いたのを思い出した。マッチ箱だったにちがいない。僕は思わずシゲの足を軽くだが蹴った。

「うー。なんすーんじゃ。バカ！」

シゲは珍しく反発した。

「バカちゃなんだ」

おまえのせいでこんなことになったんだと内心ひがみが浮かんできた。

シゲはふくれっ面からすぐに晴れ晴れの表情になっている。

僕は、バカ、と心のうちで罵った。勝手にしろという気持ちになった。くり返し、バカだ、と内心思った。

後ろを振り向かなかった。シゲが遅れがちになるのを引きずった。橋から三百メートルほど来て、右にゆるく曲がり、川沿いに数軒の家が並んでいるところまで来た。雨戸が閉まって光はどこからも漏れていない。

しばらくして教会の門前に来てはじめて、僕は逃げ切ったと安心して歩調を緩めた。急に心臓が高鳴ってきてこめかみを鼓動が打っているのを感じた。

シゲの火照った手を離した。シゲは僕が持っていたホタル籠にそーっと手を差し出した。僕が怒っているのが分かっているようである。僕は渡してやった。

シゲは両手でホタル籠を摑んで目の前に持ち上げ、そして、胸に抱きしめた。それでいいと思った。もともとシゲはひとつのことに集中する癖があるのだ。

シゲは幸せそうな表情をしている。不幸はすぐに忘れるようだ。なにを考え、心変わりできるのか、不幸を引きずらないのだろうか？　それがうらやましかった。同時にそんな彼の仕草が僕はうれしかった。連れてきてよかったと思いなおした。

シゲに見習えばよいものだが、すぐに後悔と心配にとりつかれて、富江の怒鳴る形相を思い浮かべ、声が聞こえるような気がした。

まあいいんじゃや、叱られてもと僕は諦める。僕が誘ったのだからと諦めていた。

左の方から磯の匂いを含んだ生暖かい海風が弱いながらも湿気を伴って、僕ら二人を包んだ。

家並みが見通せるところにきた。道の左側の八百屋は雨戸が客待ち顔に半分ほど開いて明かりが道路の一角にさしている。数軒先の右側の酒屋は客を寄せ付けないように戸締まりしていた。

その向こうの数軒の家から明かりが漏れている。僕はほっとした。前方を見渡すと、濡れた路上を灯している電灯の明かりの中に、ときどき動く人影が浮かんだ。

それはシゲの家のあたりらしかった。

数人うろうろしているのが見えた。四十メートルくらいまで近づいたか、富江、時子、西村のおばさんらしい人影をはじめ、近所の人たち、七、八人が話しては、周囲を見回しているのが分かった。

「シゲかー？」

富江らしい力強い声が響き渡ってきた。

僕らは虚を衝かれて一瞬立ち止まった。そして、おもむろに歩き出し、ゆっくりと待ち構えている人たちに近づいて行った。

その人たちに僕とシゲは取り巻かれた。口々に声を掛けてきた。どう答えたらよいのかわからなかった。シゲもとまどっているかと顔を覗くと、何か晴れ晴れとしている。僕にだけわかる表情だったかもしれないが……。

「どこへ行ってたんじゃー？」

「雨にぬれんかったかい？」

「心配しとったんじゃよ」

「大丈夫かい？」

「ホタル捕まえた？」

「よかった、よかった」

などなど、訊いたり、励ましの言葉を口にした。僕らの
時子と富江は何も言わずに、僕とシゲを交互に見て、僕らの
反応を確かめていた。
大人の攻勢が収まったとき、シゲは口を少し開いて富江に顔
を上向けた。そして、スーっと両腕を伸ばして、彼女の手にホ
タル籠を押し付けた。
「バカ！」
ひと言、富江は低い声で怒鳴ってホタル籠を受け取った。
彼女はそれをしばらく見下ろしてからゆっくりと、顔の前に
持ち上げて麦わらの隙から中をじっと覗いた。

怖くなるような静かなヒヤッとするような空気が周囲に流れた。僕だけでなく、ほかの人たちも、一様に富江の顔を見ていた。だが、湿気に満ちた夜の空気を震わせる異変は起きなかった。

僕はそっと胸をなでおろした。と同時に、そうだったのかと、シゲがホタル籠を抱える姿を思い浮かべた。空を見上げた。通り雨がうそのように、空には、無数の星が見えた。

僕は急に疲れを感じた。

時子と西村のおばさんのあとをふらふらとついて歩いていった。

西村のおばさんがおやすみと挨拶を言って、左の自分の家に入った。時子は家の前に来ると、僕を振り向きもせず、さっと右側に敷居をまたいで中に入っていった。

僕は立ち止まった。

疲れていたが、頭の芯は冴えきって、夢を見ているようにすら感じた。だが、すぐに現実を悟った。僕は激しく、さびしく悲しくなった。涙がこみ上げてきて、道にうつ伏せて泣きたかった。

僕は、溢れそうになる涙を、目を見開いて瞼のふちで食い止めた。戸口まで来てためらった。西の方を見渡した。だれも居ない、静かに街灯の弱い明かりが落ちている夜道が揺らいで見えた。

小屋が燃え上がる光景が蘇った。が、気にならなかった。それよりもすばらしい光景があったと思った。シゲがホタル籠を富江に差し出す姿が浮かんで消えた。

親友シゲは向こう岸に行ってしまった。彼は中学校を卒業すると、下関の父親を頼って富江といっしょに移転したことは聞いていた。

彼には僕のような迷いはなかったにちがいない。しかも、彼は溢れるほどの豊かな愛情、知恵に勝る愛情を有していたのだろう。

シゲは僕をどのように見ていたのだろうか？　試していたのだろうか？　そうかもしれない。僕を親友と認めてくれていたのだろうか？

当時は自然がきれいで豊かだったころであった。

僕は硬直させていたからだの緊張を緩めた。テレビの音声が水中からのようにもぐもぐと再び聞こえてきた。

（了）

あとがき

あるとき、エッセイ講師のサゼッションがあったのです。

「小説を書いてみたらどうです」と。

私のエッセイが物語風だったからでしょう。

そんなお世辞ともとれる言葉にふらりと誘い込まれた面もあったのです。が、なんといっても、パソコンというすぐれた助手のお手伝いがあったからだと思うのです。

そんなことで、こうして思い切って創作しました。

物語はもちろん、フィクションですが、私が小学生、中学生のころは、実に自然は豊かだったのです。小川でフナが手づかみできたのです。いまや、作り直そうとしても、そのころの自然を取り返せるのか、疑問です。

少年時代を振り返ると、その度に、姉がつくってくれた弁当の、あの黄色い甘い佃煮を思い出すが、それとともに当時の記憶を失う前にという思いを抱いて、姉、大谷艶子に捧げる小説を書くに至ったのでした。

富士村　曠

TTS文庫

富士村　曠（ふじむら　こう）

昭和15年、山口県萩市生まれ。

シゲ

2015年5月3日　初版発行

著　者　富士村　曠

発行者　中田典昭

発行所　東京図書出版

発売元　株式会社 リフレ出版

〒113-0021　東京都文京区本駒込 3-10-4

電話 (03)3823-9171　FAX 0120-41-8080

印　刷　株式会社 ブレイン

ISBN978-4-86223-859-7 C0193

Printed in Japan 2015

ご意見、ご感想をお寄せ下さい。

［宛先］〒113-0021　東京都文京区本駒込 3-10-4

東京図書出版